如果上帝
有玩Tinder

王天寬

給
M

目次

一　毀滅，她說

三 個人用藥指南

四 小巷

1

毀滅，祂說

幸福快樂的生活

1

晚禱到了早上
變得涼涼的

從前從前
現在現在

火柴到微波爐

溫情的故事
變得燙手

2

說幾個謊
做一份愛
開房間
睡美人

3

「你愛上我嗎？」
我愛
上你

毀滅，她說

她說說話是說話
談話是談話

她說
盆栽非植物
道法自然的時候
自然就知道了

她為我趕蚊子

血是水
水是生命
我不再癢了

毀滅，她說

你送我盆栽
為我趕蚊子
你說不對
指出一條道
養一株我看不見的植物

「若你還想以寫作為生，不是維生。」

我微薄的稿費哭了
我的蛇變短了
我在 tinder 上聽得到雨水
打在頂加的聲音

我磨刀霍霍
對石頭
如果我也撿得到一把槍
如果你是對的

毀滅，她說

歸於塵土

那本書
她説
也可以不拿走
不然就留給你吧

歸於塵土
是那本書的名字
一翻開
裡面夾了一封信

我沒什麼道德掙扎就讀完了
那裡面可能有愛情

我裝做沒事
本來就沒事
把書放在研究室桌上

過幾天再翻開那本書
信不見了
沒有人說話

我帶它回家

幾年來它放在我的書櫃裡
偶爾抬頭
看它的標題
歸於塵土

四個簡體字
土還是土

然後
我低頭去做別的事
打手槍或字

她在這裡交了一個男朋友
他也寫詩

她這樣介紹我

我覺得這個介紹詞
有點不妥
像突然被帶到另一個國家
沒有人說話

然後她走了
回自己的國家

那本書不用還我了
她說
但她把所有的書都還我
放在研究室桌上

那本書
歸於塵土
和信一起交到她手上
她拿走信
把書和男朋友留在這裡
歸於塵土

一個樂觀主義者的日子

能夠寫詩的日子，就是好日子。
你特別好地重現了
昨日
一個饒舌歌手的末日
韻腳全部走掉

吐司掉到地上
你才想起來
忘記塗奶油

現在你可以為命運做主
擊敗它。

能夠寫詩的日子
女朋友第九次離開你
你祈禱
會有第十次
一個好日子

她給我一匹馬

她給我一匹馬
要我好好想一想

我回頭她
手握一條法國麵包
裙子是海
漂流木被變形的手指
輕握
浪花上有指甲油
紅色的光

我向背後所有溫暖潮濕的意象伸手
馬頭也不回
吐著氣
走進黑色樹林

天暗了下來
像吃完遲來的早午餐
黃昏散步
消化一些垃圾話
此刻
路不是我走的
我還餓
還沒喝下第一杯咖啡

房子在海上
她在屋外
泡我們的咖啡
說兩人份的話

要我好好想一想

軟弱的人
被放在一匹馬上

踩高蹺

給我一個高蹺都不夠
跨越那條
你用來洗衣喝水讓生活
融入生活的小河
給我一座
又焦又脆的橋

我聽說你在河裏煮咖啡
樹枝告訴我
成為粉末

我聽說你把蓋房子的木材
放進烤箱
黑色的煙告訴我

你不蓋房子
有煮沸的河

河另一邊
有我
自尊不夠
橋又焦又脆
還在那邊踩高蹺
想讓你笑

而不是跨越

你解開馬尾或辮子
我看不清
你脫下衣服
我看不清
在煮沸的的河裏裸泳那麼好
皮膚變成好看的棕

我一點一點地蹲下來
卻還是那麼高
踩高蹺
不是為了靠近你跨越你
也跨越河

跨越河
也就跨越了你

不要提起了吧

我想生命有分貴賤
至於值不值得被愛的
這類小問題
就不要提起了吧

像燒賣的鴨肝肉餃
像漢堡的小漢堡
像生命的人
佇立在一望無際的盤子裡

我想帽子有分大小
至於裡面裝的是頭還是零錢
這類小問題
就不要提起了吧

多年以後

多年以後
鬍子還是被剃掉
他曾以為的一切都將沒有改變
經過的鏡子們反覆保證
都以為一切便如此反覆下去
他有些哀傷
戴著鬍子經過自己
提醒自己

鬍子卻不代表老了
更像一種輕忽

有很多錯覺
有很多重要的事
他已久未照鏡
只是從鏡中不斷認出他人
他有很多錯覺
在鏡子那頭笑
漫無目的

還不明白
面無表情要更多溫柔敦厚
像他久未剃鬍
揭露了太多祕密
隱藏是許多細小創傷
付諸於平滑

他卻知道自己不老
但他不能明白
是否鬍子讓他顯得老了
或者重要的事使他衰老
他甚至不能明白
兩種觸感
同時用手摸了下巴
一遍又一遍

遠方有歌
他輕聲地忽略剛才
那些曖昧的事
看著鏡中有鬍子的唇變化

粗糙地離了題
多年以後

多年以後
鬍子還是被剃掉
他曾以為的一切都將沒有改變
沒甚麼痛苦地就完成了
好像是隨便一把剃刀
在隨便的鏡子前
眼望隨便的自己
隨便的手指摸了摸
摸到了鬍渣

多年以後。

有一天你會問我

有一天你會問我
在那之前是什麼
而我會告訴你

曾經有雨傘
和腳踏車
你試圖兼顧兩者
爸爸和媽媽
你試圖愛他們一樣多
你幾乎成功了

但歷史總是殘忍的
你自身的歷史
短得多
卻沒有辦法跳過這
一小段劫難

有一天你會問我
在那中間是什麼
而我會告訴你

這條去頭去尾的吐司
不完整
和我們一樣

仍舊可以吃得飽

你先行去吃下一餐的時候
我還不餓
只想與你對坐
我幾乎成功了

刀叉、口水、隱形的長桌
一應俱全

但去頭去尾的我們的歷史仍舊殘忍

我不會要你把我忘了
遺忘在海灘

或別的大自然裡
那是古老的神話
都市裡的忸怩作態

就算有一天
我們幾乎成功忘記了彼此
那也只是所有幾乎的總和
全然不存在

有一天你會問我
在那之後是什麼
我會告訴你

趙敏妤

那天晚上
她不抽菸
火光一直
照不到她的臉

臉和念頭一樣
轉向陰影
腳掌、裙擺、頂樓、縮小

她不喝酒
卻開了那瓶
搖擺的酒
氣泡覆蓋過她的手指

沒人來得及
啜飲氣泡或手指

她說：啊。

她看著那人說話
那人摘下面具
剩下四面玲瓏

她沒想過
一個冷笑話
比厭世更難
她跟著笑了

焙焙

「請照顧好焙焙，還記得我們一起幫他打手槍的時光嗎？我們會在手掌抹肥皂，互相幫對方搓出泡泡，再輪流握住他的——你叫他小雞雞我叫他陽具——有時候，通常是他即將高潮的時候，我們越過他浮現青筋的屌，十指緊扣，他的幸福就是我們的幸福，我愛他。我們愛他。他也以一聲低吼回應我們，然後肥皂發揮作用，讓我們的手，他的小雞雞他的陽具他的屌，都很乾淨，可以去吃早餐了。這是一三五，有時候會加上週休二日其中一天，你說就像給他加菜或送他上山度假；星期二和星期四，則是固定幫他修剪鬍子的日子，幫他修鬍子比較難，他會動來動去，不像打手槍那麼順利，有時候我會打他，或者用剪刀剪他的小指頭，你會溫柔地舔掉他手上的血，放我最喜歡的音樂，讓我在旁邊跳舞，然後你很有耐心地蹲在他旁邊幫他剪鬍子，這些我都記得，你會把他的鬍子拿給我聞，我記得每次你走過來把鬍子拿給我聞，都有不同的味道，有時候有血味，有時候有精液的味道，這些我都記得。我愛你們。」

盆栽

你在電梯裡很緩慢移動，手指滑過扶手，臉頰一半在鏡子上，一半在鏡子裡。我的眼睛跟著你，無法比你更慢，因為我的身體沒有動，但我希望我可以比你更慢，我希望你張開眼睛的時候，沒有察覺我在模仿你，但我已經接近你。我想要像植物一般接近你，即便你從未看過他生長，你也不擔心，還是每天為他澆水，你相信他是因為你而有所移動。我朝你移動，緩慢抱住你，你沒有反抗也沒有回應，只是繼續在你自身的緩慢裡。我以為你在哭，我想安慰你，但當我抱著你，卻那麼需要安慰，一直是我，需要被安慰的人，需要澆水的植物。你不需要喝水，就可以緩慢移動、生長，長成我不認識的樣子。

東西

我喜不喜歡都會存在的東西
實在太多

比如輪迴
比如大蒜

輪迴比較好忽略

我想要卻掌握不了的東西
也有幾樣

比如你
比如我

我說了謊。

很抱歉我在做愛和為吐司塗上奶油的時候
都說了謊

很抱歉我在幾乎擊敗命運的時候
說了謊

脣蜜系列

1

他拿起一管名為「詩人」的脣蜜
說
全台屈臣氏開架式
都沒進「忠臣」
幾乎是皮膚的顏色

2

你發現了嗎

「愛人」無法試用

晚禱

1

房間裡的椅子
想坐你就坐下

承受它
接受它
喜歡一個
你不喜歡的決定

慈悲
荒唐

你想繼續站著
好

2
殺幾個人
做一份點心
睡覺

再做一遍

3

習慣 習慣 習慣

2 上帝一思考

現代性之歌

——或者溫暖你的屁股

即將歸還的歷史和不可贖回的手錶之間
有一份祕密協定
不被時間允許鎖進冰箱

盲人
身心障礙
失戀者
從三顆鈕扣開始遺失

到大雨落下
暴牙和免脣
便祕者
永遠不被
世界放棄

特別是上班族
以及上班族以及

辦公室的椅子
適合旋轉

辦公室的免治馬桶
早上中午晚上用

辦公室的脖子
與屌

手伸到最遠的地方
食指按下 Enter

拿起電話
你好謝謝
絕對音準

現代太現代的
現代人

做起來容易說起來難
坐北朝南

如果上帝有玩Tinder

「我最近慘到
決定加入上帝好了」
我傳訊給tinder之友
傳完立刻後悔
不夠fun
不夠表達我的絕望
「我最近慘到
決定加上帝的line好了」

在 tinder 上
一開口就要 line 犯了許多夏娃的大忌
而亞當吃了智慧之果的下場則是
知詐騙
自介上直接留 line 帳號
八九不離十
另外那一點五也很難相信
是什麼好運

上帝動動手指
這人上天堂
那人下地獄
tinder 的邏輯複雜一點
左滑 dislike

右滑 like
上滑 superlike
o my GOD

上帝叫了自己的名字
因為連續兩個人
祂都想送上天堂
上滑上滑
難得的事
立刻跳出要祂付費的頁面

上帝沒有 pay 的概念
祂只知道
無償奉獻

上帝手滑了好幾次
也難得了好幾次
每次都耐心等待二十四小時
終於在第六天
掌握了這個app的祕訣
左滑右滑
不要連續
上滑上滑

於是祂又等待了一天
著名的休息日

不約不聊色
也無法讓人上天堂

上帝的自介如是說

免費用戶
每天一個額度的 superlike
要給誰好呢
這對上帝而言
不是一個困難的問題
困難的是
怎麼在健身照
貓照狗照和各種 ps 過的照片中
找到一個基督徒

台獨分子
文青

lady boy
甚至韓粉
都比基督徒更易辨識
同志呢
我們就不要拿這個問題為難上帝了

「上帝一點都不喜歡萌萌」
上帝有一次在推特忘了切小帳
用第三人稱推文
萌萌堅持上帝在反串
不怕死的異教徒
則開始照樣造句

上帝：上帝最不偏心

上帝：上帝愛人如己
上帝：上帝值得一座 fmvp

抱歉
那是 kd 不是上帝

上帝把 fmvp 給了可愛
冠軍給了加拿大
勇士和美國同時因破壞平衡遭到懲罰
怎麼從 tinder 跳到 nba der
nba 也有人在玩 tinder 嗎
球星需要約炮軟體嗎
tinder 上有每一次約炮都是為了榮耀上帝的人嗎

連續四個問題
將上帝拉回現實

（又忘了切帳號但大家都習慣了）

上帝朗誦玫瑰經的句子
「上帝，賜予我平靜讓我接受無法改變的事情
賜予我勇氣讓我去改變可改之事
賜予我智慧讓我能區分以上兩者」

上帝太喜歡這三個句子了
尤其當祂發現
自介拿掉不約不聊色
改成三個賜予後
配對機率大增

但漫漫長夜我的主
我仍舊沒有配對到祢
是我手滑還是祢性別設成male
兩者都將使我們永遠錯過

我仍頁頁滑著tinder
祢仍夜夜滑著tinder
我們有勇無謀地去改變不可改之事
萌萌和愛
神愛世人
也有不愛的時候

如果上帝有玩tinder
如果玩出了心得

不再以善惡視人
以外表
以幽默感
以貓派還是狗派
獨派還是統派

或在最絕望的時刻
拚命右滑
只為了配對到一個人類
交換line
而非交換信仰

交換愛
而非交換信仰

克蕾兒 2020

克蕾兒
在這座防疫做得很好
可能最好的城市
走在路上仍然讓我心慌
與新的蒙面法無關
從醫院走出
就遇上一場小雨
這樣的心慌

汽車報廢場
因為補助的關係
一輛一輛車排隊
等著被碾碎
換新車換新的口罩
克蕾兒
和那場流星雨一樣
我們守在五吋螢幕旁
依偎著

每一輛汽車被舉起
重重落下
我們就許願
和那場流星雨一樣

我們守在五吋螢幕旁
不顧社交距離

瘟疫來臨的時候
我們就許願
一個確診和另一個確診
肺纖維化的聲音
鋼鐵碾碎的聲音
一樣動聽
像心慌的聲音
雨嗒嗒落下

流星雨沒有聲音
克蕾兒

你要專心盯著螢幕
不要去想
外面的天空
不要去想
真實

克蕾兒
如果你非得要想
去想你扣下的每個板機吧
去傾聽子彈
打在喪屍和壞人身上的聲音
是否一樣
一樣真實

你消滅了一場瘟疫
卻消滅不了
排隊的人潮

我們囤積的願望

我們囤積的願望
一場小雨
就能有效抑制

但仍然處處心慌
克蕾兒
仍然處處心慌

新年第一天 no.2

舊的一年過去一個小時
她傳訊息給我
「高潮後的新年快樂」
我以為是一個隱喻
或許她正站在101下面
看著大陽具
每年一次射得亂七八糟
下面的人
感動或不感動

是各自的事
即使情侶也動搖不了對方
（或許可以）
這種感動或不感動的不可測
跟我們自身的每次高潮類似
（雖然你都叫它高潮）
文字下是一段錄音
點開來
就是真真實實
毫無隱喻性質的呻吟聲
遠處的真實
比起鄰近的虛幻煙火
更讓人懷疑
誰能一邊高潮

一邊錄下自己的高潮
那是一種計算
一個預謀
但我是一個年長她許多歲
稱職的網友
懂得暫時擱置懷疑
所以我問她
「用手還是工具」
她說用手
我突然羞愧
一種中產階級的羞愧
雖然我根本失業
我的虛偽真誠地臉紅了
向她提議

「我可以借你工具」
「你前女友用過的喔」
我哈哈大笑
哈哈哈哈哈
但你知道
這個笑聲
是熟練的手指製造出來的
（和摳穴用的是同樣兩隻手指）
「可以啊」
她只是一個高中生
卻已了解資本主義的性
（有些人稱為愛）
工具要在工人手中
才生產得出產品

（高潮）
和剩餘價值
（呻吟聲）
對她毫無自憐的大方態度
我哈哈大笑
她也哈哈大笑
我們一起
哈哈哈哈
你知道
即使我們在螢幕的兩端
有時候我們的笑聲
比見面還真

身上的人

我瞥一眼身旁的人
含糊地說
（因為嘴裡塞滿麵包和火腿）
等我一下
等我吃完三明治
就加入你們
滑手機的行列

當然
我不認識身旁的人

在列車上廁所裡
那一個人
邊吃三明治邊滑手機
將尿撇進馬桶
殺死一隻假蒼蠅

（更遠處的廁所有人射精）

我看一眼在身上搖的人
她閉著眼睛
封閉所有資訊
開放每個感官

直到很遠的地方

她認識的每一個人
都為此心痛
（身上的刺青小人不斷變形）
當然
我不認識身上的人
最遠的時刻
我也不認識你

人質

那人攤開手掌
拳頭消失
手裡沒有兩顆藥丸
你才明白
現實和虛幻
都是簡單的選項

他舉起手掌
要你給他一記右勾拳

你就給他右勾拳
他要你的直拳
你就給他直拳
他要你

力量差了一點
總是這樣
方向偏了一點
總是這樣
但你總是給他總是這樣
力量和方向

那人摘下面具
剩下四面玲瓏

他是你的先知
你的教練
你看不見的藥丸
你的人肉沙包

一開始的右勾拳
然後直拳
接下來是上勾拳
下勾拳
以及你最擅長的左勾拳
都不是正確的拳

還小

你還小的時候
相信那些你夢裡的人
也在做有你的夢
你長大後
進入一個永不結束的惡夢
夢裡有我
我還小的時候
已經懂得害怕
對那些是惡夢的夢

以及不是惡夢的夢
夢裡不一定有壞人
但你仍舊希望
或者我希望
壞人不能夠做夢
我們對彼此做惡
已經足夠
別再去想現實
別再去想
我們在彼此的惡夢裡
試圖做好人

二倍速觀看

想想你手上的槍
有子彈
卻沒有慾望

潤滑油和髒抹布
思考它們

被拆解的人
你能夠說出的形容詞
越來越少

心痛
腳麻

開太多會
睡太少覺

防塵袋和手榴彈
成全它們

高畫質的謀殺
低調下載

俄羅斯同情

用裝滿子彈的槍
玩俄羅斯輪盤

用你僅有的同情心
關燈

不要去看她的眼淚
即使你們赤裸相對

在三月
換季折扣
不要

你的身體其實沒有那麼完整
這是脫衣的理由

用手去看
用眼睛觸摸
用心

也無法進入

雨暫時停住

下了那麼多雨後
我開始想
這一切都沒有必要
如果只是雲的積聚
承受不了重量
自然而然
又說是科學
簡單的因果
連宗教都插不上手

不再為好人或女人而下
不再為毀滅而下

被軟弱的雨淋過的人
也開始不確定
要不要撐傘
直到大雨來臨
彼此都不強硬
只是無奈

「只有軟弱的人能接近軟弱」

雨被動地下
沒有一點慾望
也沒有溫柔

地球是平的嗎

地球是平的嗎
房子真的可以住下嗎
列強瓜分中國
是真的歷史嗎
維尼和近平
你們還好嗎
中指真的可以戴戒指嗎

（睡覺是唯一重要的事）

頂樓加蓋是誰發明的
用腳走路是誰發明的
安眠藥眼睫毛
是誰發明的
九二共識我們都知道
是誰發明的
但睡覺是誰發明的

（睡覺是唯一重要的事）

你不在那裏
我不在那裏
他們不在那裏
我再說一次

台灣不在誰的臂彎裏
握手不在那裏
我再說一次

（睡覺是唯一重要的事）

誰發現了我們的距離
有弔詭之處
失眠等於睡著
有弔詭之處嗎
去你的

機器人睡覺
讓氣墊床洩了底

辯證法

正

從有記憶以來，我就是一駝背人；二十一世紀以後，用久了電腦，伸長脖子看螢幕，不良姿勢，導致了禿鷹頸。至少媽媽是這樣說。加入健身房——Go Gym不是World Gym——買了教練課，教練告訴我一個祕密：你會駝背，是由於背肌無力；你有禿鷹，是因為脖子無力。依此類推，彎腰駝背。所以要練。我練到變成上班族以後，就不練了，太累。每日通勤。今日通勤，我拉著公車拉環，挺直腰桿，用意志而不是肌肉。二十分鐘，才知道當有人要我抬頭挺胸，是什麼意思。不是要我去做重訓，正好相反。

反

我決定離職，跟主管說——為了交接——；跟財務說——為了薪水——；跟老闆說——為了禮貌？——還是不了。離職以後，我就可以開始找新工作——這有點弔詭——跟文學相關；開始專心寫作——這是我的離職說詞——詩或小說；開始去健身房——矯正頸、背、腰——因為意志不堅的關係。靠腰，而不是心。

合

我彎腰駝背，坐在公司旋轉椅上，打下這首以經典黑格爾辯證法為架構的散文詩。將離未離之際，身心靈達到暫時的和諧。

「你是你自己身體的主人和奴隸。」

正義

有一種硬幣名叫正義
它可以買你的良心
「你可以一次買兩個」
理財專員說
「也可以定存」
理財專員穿黑絲
你想撕破它
犯下一樁衝動罪行
但你沒有

你是正義癡漢
你舔正義最性感的部位
也就是
每個部位

正義在電車上
在你左邊
有時候在你右邊
它沒有動
握緊拉環

（是誰隨著廣播聲搖擺）

正義在ＰＣ裡
「這不是一台桌機」
傅柯說
傅柯一邊打槍一邊說
正義在傅柯手裡
膨脹
你幫舔

正義在量杯內
一西西
兩西西
重質重量重濃度
你吸吸

你將正義從右手
變到左手
正義是一個你從喉嚨掏出的梗
如梗在喉
正義取代所有成語
和梗圖

（是誰隨著打字聲搖擺）

正義在汽油彈爆炸
短促的靜默中
直到正義正義被敲打成字
重新隱喻成
太陽花

雨傘
或可盛開的符號
性幻想對象

「約嗎」
你問

你終於勾搭上正義
你和正義打砲
砲聲隆隆
一開始的傳教士體位
接後背位
以及你最擅長的騎乘位
都不是正義的體位

你將正義翻回
正常位
舌吻舌吻
吃正義的口水
正義體內百分之七十
是水

（是水隨著打砲聲搖擺）

砲聲隆隆
你搖擺
有一個正義在你床上
打過勝仗
「但我再不能」
正義說

有一個正義在遠方
在對岸
左右搖擺

像你年老的時候
才懂得欣賞的
大屁股

L型沙發

他的身體前傾
即使不是攻擊的姿勢
也是
有話要說

我也說話
語速相當
削球手在遠方
沙發那麼舒服

話語一來一往
身體則否

我聽著我的表演
我聽著我的放棄

她說

她舉起左手
說
盆栽是植物
血是水
人是神
神是左撇子
她舉起
她說

左撇子

如果你左手邊有一個
按下去就會死的按鈕
你就會去按嗎
旁邊有一隻貓
抓來吸吸比較容易吧
疏離的姊姊生下一個兩個姪子
一一和他們握手
靜靜等待
他們偏心使用其中一隻手寫字

打手槍的日子
比較容易吧

總是把外甥叫成姪子
是不是民族主義作祟
但你不是一向
對誰都客套見外嗎

外國人是外國人
中國人是外國人
台灣人是外國人

你用左手

投下神聖的一票
和大部分的人都不一樣
同婚和正名
不是因此而輸嗎
難道有別的更可靠的大數據
支持別的論述

吃鐵板燒的時候
你總是坐在他的左邊
避免手肘互撞
但你們在街上不是手挽著手嗎
吃飯讓你們疏離
但你們點不同的主餐
分享豆芽和高麗菜

兩人都不加辣
這難道不是
鐵板燒共識嗎

吃飯讓你們疏離
是一個假議題

愛是愛
愛是愛
愛是愛

左邊的愛是你寫的
右邊的愛是他寫的
避免手肘相撞

你們想都沒有想
就坐在正確的位置上
合作
疏離
假議題

我鬼打牆了嗎
請勿見外
愛是愛
台灣是國外

如果你右手邊有一個
按下去就會死的按鈕
因為懶的緣故

你會不會
比較難死一點點
因為懶的緣故
你會不會
多想一秒鐘
一分鐘
一小時
一年

人類一思考
生命就發酵

誰在中間

誰在陽台種花
誰三天忘了澆花
第四天終於想起
卻沒有去澆

誰在手指和手指中間放一根菸

誰站在最高的地方
誰站得最低

誰可以把兩者等同起來
卻沒有移動自己
煙霧繚繞

誰在花園蓋一座陽台
誰沒有看到花
誰向著光走去
光說還早得很還遠得很呢

誰寫下字
去問那是誰寫的字
那個四天沒被澆的花
那沒有人去的陽台
不斷退縮誰的花園

我站在中間
離誰都遠了
光在兩邊和我說話

但他已經死了

google 趁我不注意
自行搜尋了一個句子
「但他已經死了」
我看看它都搜到了什麼
第一條是「有的人」
紀念魯迅的詩
第二條問
「有些人活著他已經死了，有些人死了他還活著出自哪裡」
我答得出來了
紀念魯迅的詩〈有的人〉

第三條是臧克家詩選
〈有的人〉
第四條是〈有的人〉的賞析
賞那個句子
「有的人活著，他已經死了；有的人死了，他還活著」
接下來五六七八九一直到下一頁
是前四條的循環我猜
我猜魯迅
同意「但」是贅字
「有些人活著，但他已經死了」
不需要但
因果關係搞那麼清楚又不是作文
但我想的是
《放逐》裡

吳鎮宇對黃秋生吼的那句
「沒有他，你已經死了！你已經死了！」
他是張家輝
那句怒吼
也沒有但

（?）

從甚麼時候開始
用句點取代驚嘆號
就能夠降低
濫情的風險

從甚麼時候開始
夾注號裡的句子
並非離題而是重點所在
從甚麼時候開始
子彈不再貫穿一切

防彈背心和心
越來越輕巧
越來越堅硬

從甚麼時候開始
河川整治變成政績
刪節號沒說出來的話
越來越少
一條清白與萬物無涉的河
從甚麼時候開始

「我愛你，與你無涉。」

我踏進千百條河

只留住流動本身

從甚麼時候開始
搖滾是一種精神
後搖是對精神的反抗
搖擺與身體無關

從甚麼時候開始
波羅的海不再屬於波羅
目的不被介係詞
保佑

從甚麼時候開始
問號都要置入括弧裡

臉書告訴我

臉書告訴我
要關心香港
關心亞馬遜森林大火
還要關心石虎
不論是苗栗山區
或捷運上
像花豹的石虎
臉書告訴我

康熙字典體的濫用
廣告小妹和法拉盛
誰比較會唬爛
國籍和黨
臉書告訴我
林書豪加入ＣＢＡ
一些人崩潰
一些人
持續關心香港
臉書告訴我
一芳不能喝了
迷克夏不能喝了
珍煮丹不能喝了
我沒告訴臉書

我還持續老派地
喝著清心
臉書告訴我
你還喝清心
半糖也沒有用
關心也沒有用

（ ）

你放炸彈的手
潔淨美麗

你翻牌、數錢
潔淨美麗

打火機和菸
並非絕配
手也非中介

你用筷子夾蛋
用刀叉
演繹完美分屍

你動機太純
不要去吸

聚會的時候我不小心睡著了

我夢到一個聚會
大家都來了
比大家來得還更多
但真正讓我訝異的是
我也來了
而我說過不去了

被邀請的時候我醒著
我睡著我出席

拒絕在這之間抹去
拒絕占有一席之地

我出席因為我睡著了
醒的邊緣
有另一場聚會
我來不及參加

3 個人用藥指南

門上的思想

門上總有小裝飾
可能是一張麥克阿瑟為子祈禱文
讓我把它從門上拿下來
好嗎

讓門回歸實用
任人開關
經過
兒子漸漸長出父親

經過印刷的父權和從父權中長出來的上帝
我不知道何者更實用

歐洲是一顆心臟
美國是一顆腦
其他地方都是腫瘤
沒有身體
獨留精神的海
和陸地和冰山一起沉沒

冰山說：讓陽具放在應當的位置上
否則它會消融
沉沒

陸地保持沉默長出一點丘陵
父親攜帶兒子
爬上去
他們不看彼此
看得特別遠
像遺棄

丘陵說：讓陽具放在應當的位置上
父與子保持沉默
正是在這一刻冰山凍僵了

我看過你

我看過你站在頂樓
像一尊雕像
神聖生鏽
雨水粗糙
滴著我聽不懂的語言
所以我不用擔心
你墜落

我看過你手握水果刀
和行李箱

刀刃指向我
行李箱塞著
我聽不懂的語言
所以我不用擔心
你流血

我看過你在深夜小廟
祈禱
神被關在裡面
聽不清楚你說的
我聽不懂的語言
所以我不用擔心
靈驗

我看過你和鬼魂對坐
鬼魂沒有椅子
他不需要
我就把它抽掉
像抽掉那些靈驗到流血
我聽不懂的語言
以致墜落

我夢見父親用一種新的方法泡咖啡

我夢見父親用一種新的方法泡咖啡
新的過濾法
先將砂糖注進管子裏
咖啡顏色極淡
我夢見她好後悔
吃下太多蛤蠣和布丁
一開始很快樂
最後很想吐
我看見我的手輕撫她的背

等待她說
這樣沒有用
我沒夢見她還有話
我夢見我看著我在照片裏慢動作移動
先是笑著吃東西
濃密的頭髮分了邊
結束時我轉頭看小男孩
眼神惡意
我不相信我的惡意
是定格的時刻出了問題
我的臉皺了
我夢見我睡了二十六個小時
我夢見有人
開門關燈

上廁所
開燈關門
繼續睡覺
我夢見真實的自己
沒去中醫復診
開始做夢
我夢見事情有所了結
像夢見別的事

祕密森林

我的母親有重聽
我的父親有Netflix
我幫他刷
信用卡。

我的母親有重聽
我的父親
後來我又給他亞馬遜
車庫娛樂

Apple TV 免費贈送一年
我們幾乎不看。

我的母親有重聽
母親，我餵之沉默
父親，我餵之串流
沉默是母親給我的

我的母親有重聽
我父親站在門邊
討要祕密森林第二季第二集
一個星期一張口
就沒了

我的母親有重聽
我們則有下一個星期
好多時候
希望沒有。

他的世界

當所有經典的
原創的
防水的和不防水的
黃色笑話
都講完以後

只剩下復古的
溫情的
男孩或女孩青春叛逆

讓他漏尿的
一卷家庭錄影帶

世界是一個小水坑
穿雨鞋
踩一下

路過

我路過外甥
他正坐在地上研究一個皮包
我想
等他長大了一點
就會開始研究鮑魚或包皮
聞的不是皮革味

我路過一首歌
我穿過藍芽訊號
柯恩頓了一拍

像在思考比唱歌更重要的事

我又路過外甥
他長大了一點
正在將錢幣
塞進自製的存錢筒裡
一塊五塊十元
他喜歡
十元硬幣擴張洞口的瞬間

我對一首歌繞道
行經白色書架
每一本書都在恫嚇我
進入乾涇分離的儀式

黃色的水
是古老的水

外甥探頭進來
對老人吶喊
所有老人圍了過來
將尿布
綑成一顆橄欖球
丟進虛空

拋物線——

我路過虛空
匍匐前進

我路過虛空
一首歌壓了下來

史蒂諾斯執著

史蒂諾斯
病友口中的小史
通常人們用使字
但我覺得史看起來比較像人名

對，他會有嚴重副作用
失憶、夢遊、亂說話
甚至不限晚上
我曾在白天跟演員們宣告下次排戲大家一起在電梯裡用餐

所有人都記得
只有我忘了
覺得他們好ㄎㄧㄤ

從國泰轉去松德
憂鬱症是一樣的憂鬱症
只是松德不開小史給我了
溫柔敦厚的醫生說
史蒂諾斯不好
我相信他的話
就讓他開別的藥給我
不同的安眠藥有不同的效果
有些會讓你很快入睡
但藥效不長

有些不那麼好睡但一睡就會擁有漫長的睡眠
還有些有鬧鐘的效果
七小時到
就自動醒來無法再睡
所以如果你吃完兩小時後才去睡
那五小時後你就會醒來
很適合上班族
但那顆藥非常苦
明明是吞嚥的藥
會讓你苦上十個小時
吃巧克力、刷牙都沒用
一種奇怪的附著在你口腔的苦
像生病
但生的是身體的病

這些都是無謂的經驗談
沒有關係
我有一種預感
我又要崩潰了
而為何沒有提到其他精神疾病藥物
抗焦慮
百憂解
肌肉鬆弛劑
躁症
各種鬱症的藥
因為這些對我都沒有作用
別人吃完頭腦變糨糊
眼神呆滯
而我還是我

一邊吃安慰劑
一邊在解同一題不需再解的謎
我有一種預感
我又要崩潰了
所以趕在不知何時的期限將至之前
一切攤在陽光下之前
努力去完成擱置之事
將詩寫成字送給需要的人
把詩稿投給各家出版社
小說投給副刊
寄影評文學評論給朋友要辦的刊物
只剩下最後一件事
一件讓我自己安心的事
就是拿到史蒂諾斯

我重回國泰
但國泰第二次拒絕了我
同一個醫生
同樣的理由
她要休診了
我來晚了
她說我離開太久
要重新問診
我只想告訴她你們都確診了我
我沒有新的問題
只有舊的問題更深地鑽著我的心
我不相信心
但我想這樣告訴她
我想踹開診間的門

但我既不夠瘋也不夠理智到演一場瘋的戲
像她建議我的那樣
我離開醫院
去藥局
進去的時候
他們看我的眼神大概以為我來買墮胎藥或威而鋼
但一聽到我要買史蒂諾斯
卻是更冷酷地拒絕
沒有處方籤
你就不是病人
你有上禮拜的藥包
裡面都沒有藥了
但沒有處方籤
你不是病人

這些日子
我已被拒絕太多次
但我仍然沒有學會轉身就走
囁嚅地說著重複的話
想有一個轉圜

沒有轉圜
我走進全家便利店
店員看到我
轉身拿了一包寶亨六號給我
她理解我的需要
沒有說話
數著我掏出的零錢
美好的資本主義交換模式

現在我抽著菸
想著我對史蒂諾斯對小史的執著
我坦然地說
我需要的正是他的副作用
我會威士忌配小史
進入一個所有醫囑都不允許的應許之地
但這會不會也只是我的妄想
妄想史蒂諾斯的錯誤性會正確修正我
就像我妄想很多事情
很多錯誤的事能正確修正我
我不相信靈魂
但我想著浮士德
浮士德的故事並不可怕
我需要史蒂諾斯

就像我很需要跟魔鬼進行一場資本主義交換
如果魔鬼是觀世音菩薩
如果她也懂得憐憫地利用我

SM女神

鬱症的藥不會讓你心情變好
只是拔除掉一些感覺
好像在說
快樂已經被拔除
現在我們只能再拔除掉另一些東西
而這些東西
是填補你快樂缺失的那個洞
為何這樣迂迴
就把我的快樂取走就好

祢早就這樣做了
做了以後又看不慣那個洞
女媧補天
天知道祢補了什麼
然後創造心理醫生
給他們讀榮格、佛洛伊德
給他們一些密技
把創傷事件變成一般事件的魔法
但他們只是平凡人
只會說和聽
祢聽夠了那些話語
我也聽夠了
祢真是一個他媽的沒耐心的神
那就蓋藥廠

製造精神科醫生
開藥
再開藥
放棄把快樂再安放回去的可能
跟著醫囑吃藥
伴隨著一大堆後遺症
我真是不懂祢
那麼想要
把人類軀體心靈所有孔洞都塞滿
祢是SM女神嗎
是時尚的奴隸嗎

個人用藥指南

1 不要吃史蒂諾斯，會讓你夢遊，騷擾你本來就想騷擾的人。失憶是小事。

2 不要吃優達平。頭痛，或兩倍頭痛。

3 千憂解不能隨便停藥，兩三天後戒斷症狀，頭腦放電。

4 千憂解不是百憂解的十倍強。SSRI 和 SNRI 的差別。

5 贊安諾讓你寫不出東西。

6 立舒錠是好東西，更多時候像安慰劑。

7 悠樂錠，不錯的安眠藥，溫和而有效。

（吞嚥的時候注意不要碰到舌頭，很苦。）

8 不要相信精神科醫生，他們都沒吃這些藥。

9 只能相信精神科醫生，你是不可靠敘述者。

10 我是不可靠敘述者。

S

S是這樣的S
S不是大號的s
S是Superman的鄉愁
不太super
S有點曲折
有無限的潛能∞
S可以掛你的衣服可以掛你的豬肉
S可以去調教一個
你以為的S

S是這樣的S
S不是大寫的s
是你心知肚明很難寫得完美
很難躺好的S
S是這樣的S
勾起或烙印
S是這樣的S

福和橋下

豬的身體被攤開
吊在發財車上
路燈紅綠燈還有我們的眼睛
照亮他們
讓他們沒那麼像人

你沒看過那麼多攤開的身體
在清晨被送走
你拿出手機

對不準焦距
紅燈變成綠燈

發財車毫無意識
豬毫無意識
福和橋下清晨無意識
某個市場會凝聚他們的意識
像你的手機

我沒有回頭告訴你
在沒有路燈紅綠燈的市場
我獨自經過發財車
先是看到那麼多人被吊起
才看到豬的身體

我只是騎得快一點
讓你拍下清晰的身體

憂傷草原

在他漫長的光頭歲月裏
（或幾乎光──很短的平頭──每月下樓家庭理髮的成果）
人們看到他總問三個問題：
你在當兵嗎
你要去當兵嗎
你剛當完兵嗎
所有的時態都有了
就沒有真相
他不在當兵的過去現在未來裏

不在他時態的存在裏
（這說得過分了）
但誰又能點點頭
安居於某一個句子裏呢
他一天一天的過
某一天、有一天
他然後感受到了 禿頭
（或禿頭正在他頭上生長）
沒有頭髮，何如感受？
他摸著頭，捫心自問。
那是一種缺失的感受：像失戀，像掉錢
然後你憂傷了
每面鏡子都在確認這看不見
這光

於是你（也是他）
做了一個嚴重決定
漫長的歲月之後
你和他攜手並進
決定開始努力長頭髮。
如同人們說的：失戀後，好好生活／努力賺錢
於是每個月下樓後
他穿過巷子走到虎林街口經過永吉路走到了忠孝東路
他有那麼多事可做
我寧願他不要告訴我們
（「走路。」你就是忍不住不說是吧？愛現。）
畢竟努力生活的是他
他讓日子一天一天過
不受到家庭理髮霓虹招牌的召喚

走路忍受三個問題：
你在當兵嗎你要去當兵嗎你剛當完兵嗎
（你承受得起——從過去解脫，撐完了現在，未來一切都將改變）
沒有頭髮何來真相、何來缺失的形狀：
地中海還是高加索？
哪裡彌平憂傷？
他走著，摸著頭，捫心自問。
然後直到有一天、某一天
他下樓，黃太太在霓虹招牌下
笑著說：你頭髮長出來了
你看他看你，摸著頭，問不出口
你看不見那然後之前已被感受的缺失嗎
那憂傷草原。

4

小巷

紅色鐵門

1

那棟公寓
那扇紅色鐵門總是沒關
對此我有很多推論
我會浪費三分之一的紙菸
去跟你說
我最新的推理

2

那個女孩
十六歲離家
父母不給養狗
她於是和她的狗
同居在別處

十六年後
她的狗和她搬回父母家
多半時候
父親去遛狗

鄰居讚美那隻狗漂亮的鬃毛
我也在心裡讚美

3

對講機壞了
我說
簡單的答案往往是正確答案
這是第一個推論

菸抽到最後一口
沒有浪費
往後還有很多推論

因為我看見
罕見關上的紅色鐵門
為樓下之人
彈開

4

深夜
總有小黃
將人載來
將人載走

來人和去人
走過紅色鐵門
同一間公寓
我稱之右上角

整夜麻將搓洗聲
搓出水流聲

鎮定了鄰居和警察的心
特別是鎮定了
我的心

所以我不在乎
他們打多大
甚至不在乎
大人會不會打小孩
我沒聽見小孩哭

5

正對面
我稱之女孩家的紗門
常常打開像紅色鐵門
甚至拆卸至一旁
對此
我只有唯一推論
女孩家有一隻相對自由的狗
儘管我沒看過牠走進走出

蚊子飛進飛出

6

白天
我定位不了的某處公寓
總有某個人
在使用 ta 的樂器
我不說練
因為沒有越來越精進

我只說樂器
因為不是薩克斯風
不是手風琴
卻是熟悉聲音
取代深夜麻將聲
鎮定我的心

7

一對女人
一老一少
一個小時
對付罕見關上的紅色鐵門
用鑰匙或髮夾
我無法確定

所以我抽我的菸
沒有幫她們大叫

8

有時也會看見
走進去的人
隨手將紅色鐵門
往身後甩

而門總是彈開
不為門外之人

或許這就是祕密
門很難關上

我有點沮喪

9

幾個罕見組成一個推論
紅色鐵門
畢竟沒有那麼罕見關上

有關健康的一些建議

散步迷路
不會困擾
不怕繞了遠路
若散步的目的在走路
走路的本質就是迷路
若真有本質
當然沒有
如果有一個接近原初狀態
類先驗的事物

它會是走路的姿勢
走越多越健康
越迷路越接近目的
這是解構的解剖學
推延目的
將路變異
中途折返
看到同一雙腿騰空
屁股在男人褲檔上
停了那麼久
還得回家
還得回家
必須不停移動
出軌

這是命令
這是民主
這是解構的憂鬱
分析迷路的當下
就回到了家
寫下別人寫下的文字
莊子的行走
德希達的蹤跡
那是波赫士寫下的獻詞：
「我們只能給予已經給予的東西。
我們所能給予的，
都是已經屬於別人的東西。」
我的書架上擺著波赫士全集
我從約翰伯格那裡聽來獻詞

現在我將它重新獻給你
然後我回到家
等待宵夜時刻
如果有所謂本質的話
我們的消化系統
它又將走了起來

狹隘的觀念很快就復萌，包括那種最可恥的不動產形式：

柯恩
你在哪
蒙特婁一處逐漸縮小的觀光勝地
像我這樣的人有很多
想要去踩踏
你九歲那年埋在花園的紙片上方的土
將那兩平方英吋的土
踩得更密實
你因此害羞了嗎

沒人想去挖掘你的第一首詩
我們都衷心相信
你寫了重要的字
你卻忘了
柯恩
如果那天耶穌忘記復活了
會不會成就一個睡過頭的歷史
更少父親
更少傷害
你睡過頭了嗎
柯恩
西裝和髮膠無人問津
這樣對嗎
我不是你的父親

也將永遠不會成為一個父親
不要擔心
但我會在你沉睡以後
跟你說一個沒有催眠效果的床邊故事
裡面的主角
全部都是異性戀男人
各種膚色都有
白人已經不再那麼白了我相信你已經注意到
天然的和人工的和幻想的
陽光
只有幻想的陽光能曬出最好看的棕
我相信你已經注意到
來吧柯恩
和我一起跳電話之舞

我要把手指伸進你曲折的耳道
這個性暗示
你比任何人都懂
你的屈辱
這就是為什麼
每一個異性戀男人隨身攜帶的不該是保險套
而是一片兩平方英寸的馬賽克
和一副耳塞
每一個十元商店
都應該販售
紅寶石耳塞和鑽石組成的馬賽克
陳列在精品店最顯眼的位置
中產階級更不能忽略
他們永遠是最政治不正確的一群人

柯恩
我的床邊故事太耳熟嗎
每一個網友都會講
用鮑鮑換包包
這樣古老的資本主義性玩笑
柯恩
太初有字
聖經說
這就是交換價值取代使用價值的開始
你同意嗎
只有交換性伴侶能修正這一點
我有一個夢
不分膚色的人體大鍋炒
人人都吃得飽

我想你已經聽夠了這些關於食物的隱喻和寓言
麵包變成黃金
糞便裡找鑽石
你自己也說了不少
柯恩
但我還有一個小小的故事
在你醒來之前
想戳進你緊實的耳朵裡
毋寧說個人之夢
沒那麼博愛
也短得多
我只說其中最哀傷最崇高的部分
像用小指頭摳穴
曾經有一個女人

體內有著避孕器
效用長達五年所以你就知道那些日子
那些不用心算的日子
我們可以多麼分心折磨彼此
五年後
生下一個小寶寶
像一個夢
但我要說的不是這個夢
那都是之前的事
之後
像你唱的
「你的敵人已沉睡
他的女人已自由」
之後

即使她的陰道流出別的男人的精液
我也會拿掉馬賽克
毫不猶豫去舔
這就是我的夢
柯恩
這是變態性癖嗎
或反過來說
由於身體或精神的潔癖
不
你會理解我
這是一種崇拜
有人說
這叫女陰崇拜
我寧可一輩子不去理解它在宗教上的意義

如此
才能向你彰顯它的崇高之處
雖然你已經理解
比我早一步理解
宗教裡世俗的那部分
崇拜裡的恐懼
有些人有女陰崇拜
有些人恐懼女陰
而一般人介於兩者之間
在抽插中浮沉
性高潮製造了罪惡感和聖人
三者同樣短暫
所以我們才要重複確認生而為人
的分裂感

性慾
愛慾
都是另外的事
柯恩
說完了兩則男性中心故事
你都沒醒
是我一邊講故事一邊搞同志性愛的行為
讓你害羞了嗎
你在裝睡嗎
醒來吧
柯恩
陪伴你黑暗寂寞的同志
你的粉絲
你的加害者

他被判了三十年名為無聊的徒刑
這樣還不夠嗎
不夠
你說
我幾乎聽到了你的回答
那就這樣吧
我會穿上你的西裝
將髮膠塗在頭上最禿的地方
為你打開一扇窗
窗外那隻死了的鳥
被陽光照成耀眼的白骨
已經是很久以前的事
如今一道我替你幻想出的陽光
穿過你被挖鬆的耳朵
製造退潮的聲音

練習曲

彈完一曲，他的手指暫時離開
離開黑鍵和白鍵，離開聲音
他的觀眾，
那條黑白相間的領帶
被離席的手指優雅扯下
領帶夾落地，發出聲響
完成一曲，
但他會接著彈下去：會繼續
不滿意鋼琴、聲音、他的觀眾

甚至不滿意黑西裝
像樂譜一樣固定，每個晚上
百無聊賴地為鏡子著裝
他的重複第二曲，
那無疑是一種反射作用
那無疑是一種質疑：面對眾多
手裡握著兩面鏡子的
他的觀眾，
他脫下了黑西裝、襯衫、他的硬皮鞋
腳步蹣跚地走向鏡子們
向他們宣布：不再有重複的
黑西裝和其他，比如說迴旋曲
他向每一面鏡子宣布，每個人有兩面
讓他累得特別快，雖然他有無限多

的他、的他們
但他那麼累，像被重複練習的樂譜：
他緩慢地移動過去
撿起了領帶夾；
他緩慢地移動過來
扣住了胸口，
發出金屬聲響
休止符。

手指

她坐在嬰兒車裡伸出她嬰兒的手
指著遠處

我在旁邊等紅綠燈
看見安全島
看見小時候買A漫的店
變成熱炒店

但她指的都還不是這些被建造
被命名的事物

不是這些我們可以穿過
滿足性慾和食慾的事物
不是
從不在中出生的在
的偶然事物

紅燈變成綠燈
的必然

嬰兒車被推動
她沒有動
我過馬路而她沒有

她吮吸手指
穿過喉嚨
穿過自己
指稱身後推動她的還叫不出來的
永遠不夠襯職的人
名為母親

鳥籠

當一個鳥籠裡放的是一隻假鳥
這個鳥籠
還是真的鳥籠嗎

你將左手插入正確的口袋裡
問身旁女孩

你褲襠隆起的幅度
有哲學味

也就是說
酸酸的

女孩搬過家
也搬走你的小山丘
也就是說
時間有時候可以挪山
填海
只有聰明人不懂
後來就很拋物線
你說
差點走進圍欄裡
圍欄圍著假樹

假樹上頭有自由的假鳥

自由是這個社區
最真的東西
你說

還有你
我的女孩
我的自由的
女孩

你也就是說
你也就是說說而已

楊英風全集

我看著楊英風全集
它離我三公尺遠擺在畫冊區
厚度約有五公分
我不曾站在畫冊區
不曾聽過楊英風
但我想他已經死了
我坐在三公尺外
看著他厚約五公分的整個歷史
整個畫冊區只看它
想像他的勞動

然後有了一本全集
有一個書脊
寫上楊英風全集
我坐在三公尺外
那五公分厚度說服我
我的悲傷沒有歷史
不是勞動

從府中街到孔廟

——從無事可做到沒有更好的事情做

府中街沒落了嗎
草祭變成有書的裝置藝術嗎
窄門的門越變越窄
還是我變壯了
我告訴過你我沉迷於身體鍛鍊嗎
我們的談話從問題開始
結束在玻璃瓶內

府中街落寞了嗎

玻璃瓶內的奶茶消失了
吸管探勘冰塊表面
想汲取一些燃料

推進話題
燒掉老人

我們在老人中走路
比他們慢
比他們多話
或許說話也繞圈
或許穿越草地
就有另一個方向
另一種狹長

我們忘了
是先有狹窄再有空曠
還是先有門
才有了階梯
但談話是這樣進行的：從問題開始，再一個問題覆蓋過去
「從無事可做到沒有更好的事情做」

比如
你問：為什麼不出一本詩集
像某某和某某某那樣

出詩集談何容易要有這個還有那個
其實我也不知道缺了哪個
或許缺的是一個

他媽的名字
你說，不如就
「有關健康的一些建議」吧
你的體脂過高
你的經期不固定

你的答案
總是比問題少
比問題更快過時

有年月的明信片也不能守住任何日子
沒有日子的切格瓦拉卻能招喚
一場成衣革命
它們之間發生了什麼

我在找什麼

我低頭看見草看見土
問這個問題

你要我小心蝸牛
我想你在害怕什麼
殺生還是軟體動物本身
軟體動物也有硬殼
有一份傲慢
有一份謙卑
或許你並不害怕
只是看到了
用手指了指

你後來的手指會有紅色指甲油停留
第二天還在
讓你想藏藏不住

一種太紅的紅
你說是日本紅

（我錯了就糾正我）

你招喚我
我就舉起自己的手
革命前夕的摩托車之旅
遺失一雙夾腳拖
和半個女朋友

切格瓦拉想讓世界變好
我要自己不再壞下去就好
世界可以自己運作嗎
自己去拿行李
自己默默走掉
看要往左還是往右

（我錯了就指引我）

你說你喜歡謙卑的人
但我有的只是軟弱
只是憂傷
他說：沒有魅力
他還說憂傷是妥協的表現

我的憂傷很激烈，我說
我還說
我的離題是一種傲慢
是不懂得妥協

即使世界和你站在同一邊
我也漠不關心

我只是看著你
從這邊到那邊

從孔廟走向府中街
用世界僅存的石油和良心
燒掉台南市地圖

「石油從世界消失了，你最懷念什麼？」我問。
「吸管。」你說。

我喜歡你的答案
對世界漠不關心
不會過時

我喜歡很長的標題：
〈從府中街到孔廟——從無事可做到沒有更好的事情做〉
喜歡後設再後設
喜歡借花獻佛：
當我看著你
越來越難集中精神
如同每個無事可做才明白沒有更好的事情做的日子。

黑色禮帽

你從日本帶回一頂帽子給我
黑色的紳士帽
但現在我經過它
覺得它像是魔術師的禮帽
可以變出鴿子的那種
幾隻象徵和平的鴿子
幾隻一般的鴿子
觀眾分不清楚
為所有鴿子鼓掌

但這頂安放在佛桌上的黑色帽子
沒有禮帽那麼深
藏不住不同的概念
或許只能變出一隻
就一隻
魔術師要有所選擇
和平是真的嗎
鴿子一定是真的
牠單獨飛出
觀眾很失望
雖然他們根本不知道
從前看見了什麼
亂飛的鴿子
混淆的概念

只有魔術師暗中做出選擇
但戲法完成的那刻
他就忘了
像唯一看懂的觀眾
滿足於一種純粹
一個生命

我看著她洗了十分鐘的手

她不是馬克白夫人
她手上沒有血
有一個下午或一個晚上的
善解人意

我看著那十分鐘
不看水
像誤解人心

平常的日子裡
她總是留下洗臉的水
洗臉槽
裡面沒有人心

有她勉強抬高的腳

就形成一個
節省情感的姿勢

水從洗臉槽溢出
腳掌演繹平常的物理現象
她觸動過
我的平常心

假如真有那個日子
她洗了十分鐘的手
一個下午
或一個晚上

她傷過的人都沒有流血

她只是說
我錯看了時間

梅雨暫時停住

1

梅雨花了好幾天
終於擊落
一隻普通的蚊子
居家防疫的時間裡
我們仍癢
我們仍癢

如果你站在陽台
檢查時間

中斷過的痕跡
你會聽見
格子內鄰居的一隻小號
牆擋不住
紗窗擋不住
雨更是擋不住
（它又擊落了幾隻蚊子甚至一朵花）

禁蒙面法成功過
口罩成功過
現在
新版國安法即將成功
格子內
崔健模仿九七年版崔健

替一塊紅布伴奏
你確實發現
時間中斷過

如果你站在陽台
檢查每個愛過的人
（有人只愛黨國）
時間確實中斷過
哲學家（康德）挫敗
在愛情的挫敗裡

有人說那是一道紗窗
蚊子停在上面

2

你在詩中發明
通電的紗窗
你在詩中發明
墜落
發明死

王

但戰爭已結束
而孩子
你是我們未來的王
是良善的客人
好難得從外面進來
從裡面出來
在未來之物的庇護下
第一次哭出聲音
那哭聲來自過去
你學會的第一件事

是避免傷害
這是難得的天賦
你出來以前
已經教會我們
你從外面進來
是一個更善良的客人
回到家中
告訴我們
我們來不及告訴你的故事

請來看看王天寬

請來看看我。
看看我們房間好久沒吸地了
但地上只有一點點菸灰
沒有你的頭髮。
牆上動物掉了一隻但被最厚的那頂鴨舌帽接住、保護
沒有毀損。
而乾燥花放得很高
從歪斜的樹的拼圖旁延伸出書櫃
只露出幾片葉子
帽子都放在正確的地方。

書都錯誤堆疊。
灰色的油漆又更多地泛白了
你走了以後
房間有這些微妙的變化但沒有心思的人察覺不出
沒有心思的人以為房間變得更多。
把你變不見的戲法
也變走了沒有心思的人身上的肉
五公斤、七公斤，不吃東西
坐在這裡
挖空心思
想著三個名字。
從寶寶退回王再退回天寬
王天寬
一頁一頁簽著退貨單。

變戲法的人走了
快遞員走了
他們是不同公司的同一名員工
有一個很悲傷的名字
沒有心思的人想不起來。
音響、窗簾、旋轉椅
能夠指認
不能辨認
沒有心思的人坐在旋轉椅
很久沒有旋轉
這個微妙的變化
他終於發現。
他不旋轉
輕聲開口

怕破壞這些日子的微妙變化
請你來看看他
請你來看看他
和他一起感受
你對房間
對他產生的微妙變化。
而或許
你們會一起感受
一種新的微妙。

後記

所有失敗的關係是由於故事說得不夠好。

在短暫但複數的時間裡
我們勉強自己假裝圍繞著我們的
敘事已足夠動聽

無以為繼的不只是手和手

往往是這樣
身體總比心能夠去到更遠的地方
有時候
讓我們身心都更持久
更多時候
去到心也不想去的地方

而我們總是坐在這裡
說一些酒足飯飽之人會說的話
例如說
讓心引導你的身體

AKP0319

如果上帝有玩Tinder

作者——王天寬
執行主編——羅珊珊
校對——王天寬、羅珊珊
美術設計——吳佳璘
行銷企劃——吳儒芳

總編輯——胡金倫
董事長——趙政岷
出版者——時報文化出版企業股份有限公司
108019台北市和平西路3段240號4樓
發行專線—（02）2306-6842
讀者服務專線—0800-231-705·（02）2304-7103
讀者服務傳真—（02）2304-6858
郵撥—19344724時報文化出版公司
信箱—10899台北華江橋郵局第99信箱

時報悅讀網——http://www.readingtimes.com.tw
思潮線臉書——https://www.facebook.com/trendage/
時報出版愛讀者——http://www.facebook.com/readingtimes.fans
法律顧問——理律法律事務所｜陳長文律師、李念祖律師
印刷——紘億印刷有限公司
初版一刷——二〇二一年三月十二日
定價——新台幣四〇〇元
（缺頁或破損的書，請寄回更換）

時報文化出版公司成立於一九七五年，
一九九九年股票上櫃公開發行，二〇〇八年脫離中時集團非屬旺中，
以「尊重智慧與創意的文化事業」為信念。

如果上帝有玩Tinder／王天寬著：— 初版 — 臺北市：時報文化，2021.03
面；公分 —（；）ISBN 978-957-13-8656-0（平裝）

863.51　　110001990